PUNTO a PUNTO

Pokémon

Kindly Nanny

LABERINTO

Conecta los Puntos

Colorea los Numeros

1 = Yellow	4 = Red	7 = White
2 = Light brown	5 = Blue	8 = Gray
3 = Black	6 = Green	9 = Dark green

Encuentras las 5 Diferencias

PUNTO a PUNTO

Completa el Dibujo

Colorea los Numeros

1 = White	4 = Orange	7 = Red
2 = Black	5 = Light blue	8 = Pink
3 = Light brown	6 = Dark blue	9 = Yellow

LABERINTO

Encuentra la Sombra Correcta

MAYOR O MENOR

25	☐	20
32	☐	22
19	☐	9
28	☐	27
11	☐	16

COLOREA

SUMAS Y RESTAS

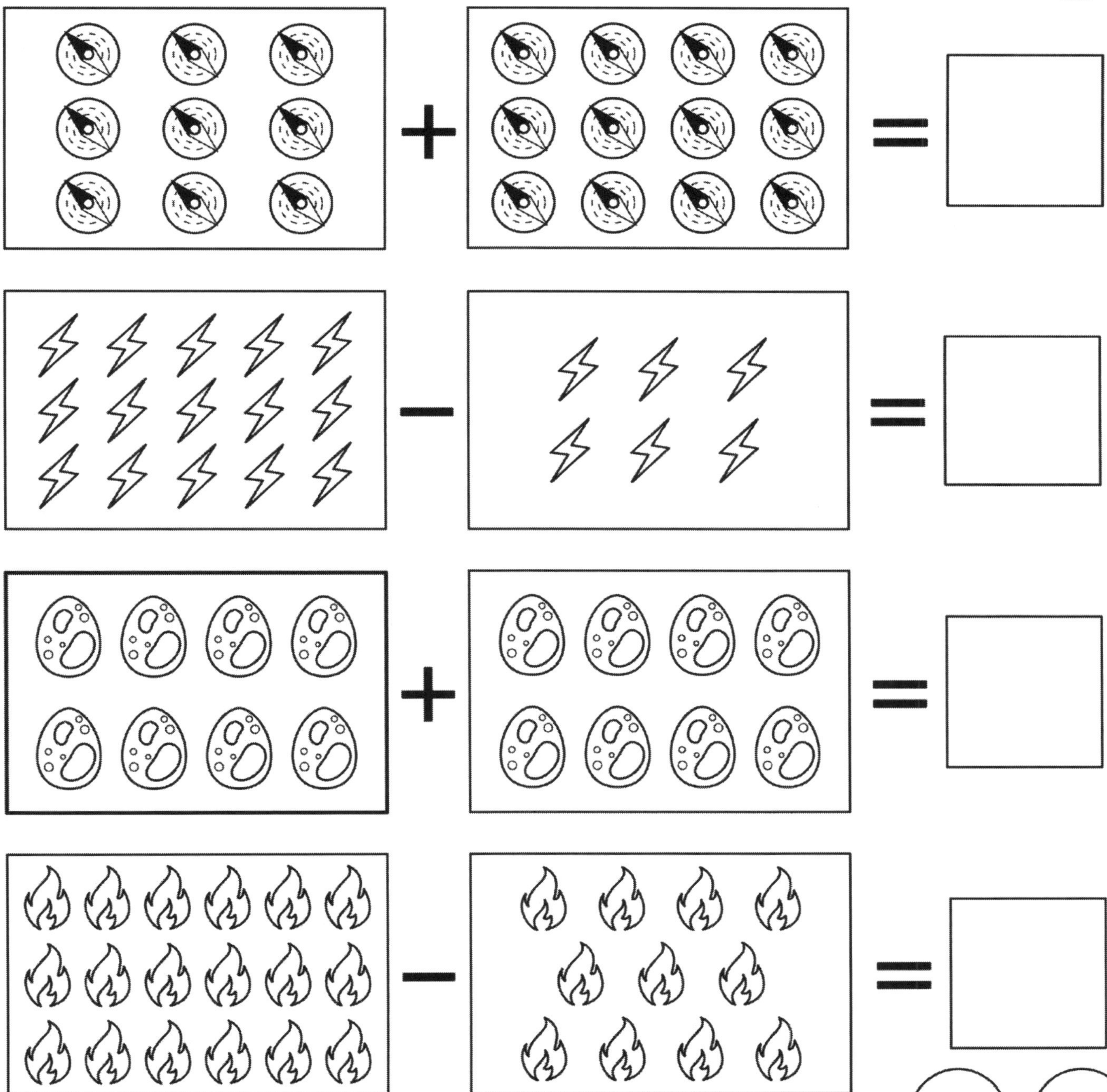

PUNTO a PUNTO

Encuentras las 5 Diferencias

CUANTOS HAY

LABERINTO

Pokémon

Conecta los Puntos

Colorea los Numeros

1 = Brown
2 = Gray
3 = Black

4 = Red
5 = Yellow
6 = Orange

7 = Blue
8 = Green
9 = White

Encuentra los Pares

Mitades

Conecta los Puntos

COLOREA

Printed by Amazon Italia Logistica S.r.l.
Torrazza Piemonte (TO), Italy

40446069R00029